DISCARD

W9-ADA-115

Los placeres del invierno

Textos e ilustraciones de Roger Paré
con la colaboración de
Bertrand Gauthier
en la realización de los textos

1a. edición, septiembre 2007.

© *Plaisirs d'hiver*
Textos e ilustraciones de Roger Paré
con la colaboración de Bertrand Gauthier en la realización de los textos
Copyright © 1990 la courte échelle
5243, boul. Saint-Laurent
Montreal (Québec)
H2T 1S4

© 2007, Grupo Editorial Tomo, S.A. de C.V.
Nicolás San Juan 1043, Col. Del Valle
03100 México, D.F.
Tels. 5575-6615, 5575-8701 y 5575-0186
Fax. 5575-6695
http://www.grupotomo.com.mx
ISBN-13: 978-970-775-308-2
Miembro de la Cámara Nacional
de la Industria Editorial No 2961

Diseño de portada: Trilce Romero
Traducción: Ivonne Saíd Marínez
Formación tipográfica: Luis Raúl Garibay Díaz
Supervisor de producción: Silvia Morales Torres

Derechos reservados conforme a la ley.
Ninguna parte de esta publicación podrá ser reproducida o transmitida
en cualquier forma, o por cualquier medio electrónico o mecánico,
incluyendo fotocopiado, cassette, etc., sin autorización por escrito del editor titular del Copyright.

Este libro se publicó conforme al contrato establecido entre
Les éditions la Courte échelle inc. y *Grupo Editorial Tomo, S.A. de C.V.*

Impreso en México - *Printed in Mexico*

R06032 72034

Los placeres del invierno

Textos e ilustraciones de Roger Paré
con la colaboración de
Bertrand Gauthier
en la realización de los textos

Grupo Editorial Tomo, S.A. de C.V,
Nicolás San Juan 1043
03100, México, D.F.

Mi, fa, sol, la, si, do,
qué placer es cantar,
cuatro, tres, dos, uno, cero
vamos todos a festejar.

Afuera está nevando
pero adentro estamos festejando,
pasa a calentarte a mi casa
y de chocolate tómate un taza.

La primera bola se lanzó
el juego ya comenzó,
ahora rápido a escondernos
para bien protegernos.

El muñeco de Nieve
unos bellos guantes tejidos tiene,
se los tejió la ardilla Avellana
así como una bufanda de lana.

Pesquemos para mí un pescadito
ni muy grande ni muy chiquito,
sino del tamaño justo
para mi muy amplio calderito.

Escuché un búho grande
que decía jo, jo, jo, jo,
una ardilla muy pequeña
que decía ji, ji, ji, ji.

Cuidado amigo
es una bajada muy inclinada,
todos juntos en manada
nos sentimos más protegidos.

Cuando hace frío
me pongo mis calcetas
y cuando nieva
uso mis raquetas.

Hipopo patinar quiere
pero en el suelo se detiene
y aún con las pompitas heladas
se ríe a carcajadas.

Para la ratoncita Lilí
es una alegría el reír
todo el día sin parar,
jugar y dibujar.

Esta obra se imprimió en el mes
de septiembre del 2007 en los talleres de
Edamsa impresiones S.A. de C.V.
con domicilio en Av. Hidalgo No. 111,
Col. Fracc. San Nicolás Tolentino,
C.P. 09850, México, D.F.